14 mars 1889

VENTE APRÈS DÉCÈS

DE

Gustave BOULANGER

MEMBRE DE L'INSTITUT

PROFESSEUR A L'ÉCOLE DES BEAUX-ARTS

A la requête de M. FAUQUE, Curateur aux Successions vacantes

HOTEL DROUOT ⁘ SALLE N° 1

Les Jeudi 14, Vendredi 15 et Samedi 16 Mars 1889

EXPOSITION PUBLIQUE

Le Mercredi 13 Mars 1889, de 1 heure 1/2 à 5 heures 1/2

COMMISSAIRES-PRISEURS :

Mᵉ ESCRIBE	Mᵉ LÉMON
Rue de Hanovre, 6	Rue Rossini, 3

EXPERTS :

M. BERNHEIM jeune	M. A. BLOCHE
Rue Laffitte, 8	Rue de Châteaudun 25

PARIS — 1889

IMPRIMERIE MAULDE ET RENOU

A. MAULDE & Cie

IMPRIMEURS DE LA COMPAGNIE DES COMMISSAIRES-PRISEURS

Rue de Rivoli, 144

VENTE

Gustave BOULANGER

CATALOGUE

DES

TABLEAUX, ÉTUDES

SANGUINES, AQUARELLES ET DESSINS

ŒUVRES DE

GUSTAVE BOULANGER

MEMBRE DE L'INSTITUT, PROFESSEUR A L'ÉCOLE DES BEAUX-ARTS

ET DES

OBJETS D'ART DE L'ORIENT ET DE L'OCCIDENT

Tapisseries, Tapis, Étoffes, Costumes, Armes
Meubles, Livres, etc.

GARNISSANT SON ATELIER

ET DONT LA VENTE AUX ENCHÈRES PUBLIQUES AURA LIEU

PAR SUITE DE SON DÉCÈS

A la Requête de M. FAUQUE, Curateur aux Successions vacantes

HOTEL DROUOT, SALLE N° 1

Les Jeudi 14, Vendredi 15 et Samedi 16 Mars 1889

A DEUX HEURES

COMMISSAIRES-PRISEURS :

Mᵉ ESCRIBE	Mᵉ LÉMON
Rue de Hanovre, 6	Rue Rossini, 3

EXPERTS :

Pour les Tableaux :	*Pour les Objets d'art :*
M. BERNHEIM jeune	M. A. BLOCHE
Rue Laffitte, 8	Rue de Châteaudun, 25

CHEZ LESQUELS SE DISTRIBUE LE CATALOGUE

EXPOSITION PUBLIQUE

Le Mercredi 13 Mars 1889, de une heure et demie à cinq heures et demie

PARIS — 1889

CONDITIONS DE LA VENTE

Elle sera faite au comptant.

Les Acquéreurs paieront, en sus des adjudications, CINQ CENTIMES PAR FRANC applicables aux frais.

Aucune réclamation ne sera admise une fois l'adjudication prononcée.

NOTA. — Chaque Tableau, Étude, Dessin, etc., de GUSTAVE BOULANGER, non signé, a été marqué suivant sa dimension, d'une estampille en rouge.

CE CATALOGUE SE DISTRIBUE A PARIS :

Chez **Me ESCRIBE**, Commissaire-Priseur, rue de Hanovre, 6;
— **Me LÉMON**, Commissaire-Priseur, rue Rossini, 3;
— **M. BERNHEIM jeune**, Expert, rue Laffitte, 8;
— **M. A. BLOCHE**, Expert, rue de Châteaudun, 25.

GUSTAVE BOULANGER

Un de nos maîtres écrivains, Edmond About, disait, il y a sept ans :

« Peut-être un jour, maintenant que G. Boulanger est de l'Institut, s'avisera-t-on de réunir son œuvre en corps, et l'on verra alors un peu tard quelle était la variété de ce talent infatigable, qui s'est conservé jeune à force d'être actif. »

Le vœu exprimé par l'auteur de la *Grèce contemporaine* va être réalisé en partie (ce qui est déjà bien quelque chose pour un vœu de littérateur !) M. Bernheim jeune réunit en ce moment dans ses galeries de la rue Laffitte environ deux cents ouvrages, peintures et dessins, de Gustave-Rodolphe Boulanger, et, à défaut d'une consécration plus complète, il y a là, pour la critique, une occasion d'étudier, dans ses grandes lignes, l'œuvre et le caractère du peintre regretté (*).

On sait, tous ses biographes l'ont répété, que le séjour de Gustave Boulanger en Afrique exerça sur son talent une influence décisive. Il vit, en effet, au pays du soleil, ce que ses devanciers n'avaient pas vu ou avaient vu autrement.

« Les peintres voyageurs, écrivait Théophile Gautier en 1859, ont en général, jusqu'à présent du moins, considéré les pays qu'ils visitaient, dans leur ensemble. Ils les représentent avec leurs ciels, leurs terrains, leurs végétations, leurs fabriques, leurs animaux, leurs personnages, dans des vues pour

(*) Ces ouvrages seront exposés, le 13 mars, à l'Hôtel Drouot.

ainsi dire panoramiques mais où l'homme n'a pas toute sa valeur. M. Gustave Boulanger, un grand prix de Rome et qui a fait des études historiques, par conséquent, a visité l'Algérie et l'a vue d'un autre œil. Ce qui l'a frappé, c'est moins l'éclat nouveau de la lumière, la singularité brillante du vestiaire, la forme étrange des plantes, que le type humain pris en lui-même. Il a étudié soigneusement ce qu'on nous permettra d'appeler l'*académie* arabe, et il nous montre ce que ni Marilhat, ni Decamps, ni Delacroix, ni Fromentin ne nous ont fait voir : c'est-à-dire l'homme du Sahel ou du désert, sujet principal du tableau. »

Sans vous attarder aux détails biographiques consignés dans tous les dictionnaires, nous rappellerons que Boulanger avait remporté le prix de Rome en 1849. A son retour à Paris, il avait fondé, avec Hamon et MM. Gérôme et Picou, une sorte de petit cénacle, comme une école du néo-grec, où l'on s'efforçait de restituer — en dépit de l'indifférence et de l'ignorance universelles — « les grâces familières et les gentillesses intimes du siècle de Périclès ». Il conviendrait ici de restituer, à l'aide de la méthode de M. Taine, le *milieu* où se produisit cette tentative qui, considérée de notre « milieu » à nous, pourrait sembler un peu bien singulière. Mais la présente étude ne comporte point de tels développements (*). Nous suivrons simplement, s'il vous plaît, le lauréat de 1849, depuis ses débuts au Salon de 1848 jusqu'à sa dernière exposition, celle de 1888 : soit quarante ans de bons et loyaux services artistiques !

Les premiers tableaux qui parurent à cette date lointaine de 1848, et sur lesquels les renseignements font défaut, s'appelaient : *Indien jouant aves des panthères, — un Café maure* et *Portrait de Mme P.*

En 1849, Boulanger expose une *Etude de Moresque* et trois *Portraits :* un autre *Portrait* en 1850 ; un *Démocrite enfant* en 1852, et en 1857, *Jules César arrivé au Rubicon*, toile importante qui obtint une médaille de 2e classe et qui

(*) Voir à ce sujet, dans la *Revue illustrée* du 15 octobre 1888, un intéressant article de M. Eugène Montrosier.

fut généralement louée. Le jeune peintre donnait en même temps les *Choassa* (éclaireurs arabes), que M. Jules Verne déclara un tableau très original et très puissant ; un *Maestro Palestrina* et *une Répétition dans la maison du poète tragique à Pompéï.*

Les *Bahia* (pâtres arabes), *Lucrèce* et *Lesbie* figurèrent au Salon de 1859, et cette dernière toile surtout enchantait l'illustre critique du *Moniteur universel* : « *Lesbie* caressant le moineau immortalisé par les mignards endécasyllabes de Catulle, disait-il, est un petit chef-d'œuvre. L'oiseau becquète comme une cerise les lèvres vermeilles que lui offre la belle maîtresse du poète, et dans un coin boude un petit amour renfrogné, contrarié sans doute de voir tant de baisers perdus sur le bec corné d'un vulgaire moineau. La capricieuse ! Si Cupidon les lui demandait, tout frémissant de désir et palpitant des ailes, elle les lui refuserait sans doute ! » Le peintre obtint, avec sa *Lesbie*, un rappel de médaille.

Hercule aux pieds d'Omphale, un *Arabe* et *Répétition du « Joueur de flûte » et de « la Femme de Diomède » chez le prince Napoléon*, furent fort remarqués au Salon de 1861. Alfred Delvau prit texte de la première de ces toiles pour se livrer à ces considérations ultra-fantaisistes dont il était coutumier : « Il est convenu, écrivait-il, depuis ce héros trop amoureux, que la femme, créature grêle, faible, sans muscles et sans os, faite de crême fouettée, — pas assez fouettée, hélas ! — doit être la dominatrice capricieuse, la dompteuse extravagante de l'homme, créature énergique, intelligente et presque divine.

Hercule ! Hercule !
Ce n'est pas toi qu'Omphale a rendu ridicule !

C'est nous tous, tes descendants, etc. » Et Delvau continue sur ce ton, félicitant Lauzun d'avoir battu Mademoiselle de Montpensier, et en appelant, pour nous venger, même aux Lauzuns de barrière !

En 1863, nous trouvons au Salon : *Jules César marchant en tête de la Xe légion (campagne des Gaules)*, — *Kbaïls* (la Déroute) ; — et le *Portrait* de M. E. B., capitaine d'état-major. Le premier de ces tableaux valut encore un rappel de médaille à son auteur.

En 1864 : la *Cella frigidoria* et *Cavaliers sahariens*, encore deux toiles célèbres.

En 1865, Gustave Boulanger, est nommé chevalier de la Légion d'honneur. Il avait envoyé au Salon : *Djeid et Bahia* et le *Portrait de Hamdy-Bey*.

En 1866, autre envoi à sensation, mais dont le mérite fut plus contesté : *Catherine Ire chez Mehemet Baladji, discutant le traité de Pruth en 1711*, — et une *Marchande de couronnes à Pompéi*.

En 1867 : le *Mamillare* et le *Portrait de Mme Nathalie (de la Comédie-Française)* ; et, en 1869, *El Hiasseub*, conteur arabe et la *Promenade sur la voie des Tombeaux à Pompéi*, déterminent un grand mouvement d'opinion en faveur du peintre. Et Xavier Aubry résume la pensée de tous ses confrères, en disant :

« El Hiasseub, le conteur arabe, tient suspendu à ses lèvres un auditoire recueilli comme des enfants qui liraient pour la première fois les *Mille et une Nuits* ; j'aime surtout la pose de ce personnage qui, enveloppé dans son burnous, écoute tout debout comme si l'intérêt du récit lui faisait oublier la fatigue ; peut-être y a-t-il un peu d'une distinction de salon dans ces types africains ; ces Arabes vus par le petit bout de la lorgnette sont jolis comme une vignette, mais il ne faut pas demander du sévère réalisme au talent coquet de M. Gustave Boulanger ; il a trop horreur des brutalités du pinceau pour ne point effleurer le défaut contraire. Le commentateur de la *Cigüe* et du *Joueur de Flûte* se serait montré infidèle à lui-même, s'il n'avait pas rendu, chemin faisant, une petite visite au monde antique. La *Promenade sur la Voie des Tombeaux à Pompéi* repeuple spirituellement cette ville exhumée qui n'attend plus que des habitants en toge et en tunique. Deux élégantes, suivies d'une esclave qui tient au-dessus de leur tête une ombrelle épaisse, longent d'un air profane le haut trottoir de cette voie sacrée ; un Romain, qui commence à être de la décadence, se penche à la balustrade de sa terrasse pour les voir passer ; au loin, une maison en construction n'est pas encore débarrassée de son échaffaudage ; la cité légère qui aurait pu, au lieu de *Cave Canem*, inscrire sur ses murs *Cave Vulcanem*, ne se doute pas que le dieu du feu la menace. »

Mais revenons à notre énumération :

En 1870, Boulanger expose : *C'est un Emir* et les *Chaouches du Hakem ;* en 1872 : *Attendant le Seigneur et Maître*, composition popularisée par la gravure ; en 1873, la *Quête de l'Aïd-Srir à Biskra*, autre succès éclatant.

La *Via Appia* (Salon de 1874); le *Gynécée* (1875); *Un Bain d'été à Pompéï* et *Comédiens romains répétant leur rôle* (1876); *Saint Sébastien et l'Empereur Maximien Hercule* (1877); *Un Repas chez Lucullus (Triclinium d'été)* (1878) ; *Mariage* et *Patrie*, panneaux pour la mairie du XIIIe arrondissement (1880) ; *Flabellifer* (esclave portant l'éventail), 1882 ; la *Source du Tibre* (1883) ; la *Captive* et *Femme des Ouleid-Nahih* (1884) ; la *Mère des Gracques* (1885) ; *Un Maquignon d'esclaves à Rome* et *Pieuse lecture* (1886) ; *Portrait de Mme C.* et *Portrait de Mme R.* (1887), et enfin ces *Esclaves à vendre*, que nous avons vu au dernier Salon, sont autant de toiles bien connues, louées ou critiquées, mais n'échappant jamais aux recherches des reporters hâtifs ou aux études plus sérieuses des critiques.

Je crois bien avoir relu, en huit jours, tout ce que le talent délicat et fin de ce peintre érudit a fait écrire à nos « salonniers », maîtres illustres, feuilletonnistes éminents ou humbles journalistes, depuis l'époque de ses débuts jusqu'à celle de sa mort. C'est une revue curieuse, où j'ai pu constater une fois de plus la liberté et la... variété des appréciations. En somme, la louange l'emporte. Il y a telle page de M. Théodore de Banville ou de Théophile Gautier, par exemple, qui demeurera parallèlement à l'œuvre qui l'a dictée. Gustave Boulanger est un peintre désormais « classé » ; il occupera, dans l'histoire de l'art moderne, un rang fort honorable, et son nom est inséparable de l'évolution à laquelle je faisais allusion tout à l'heure.

Quant à son caractère, qui était beau de tous points, il a pris la peine de le décrire lui-même dans la fameuse brochure : *A nos Elèves*, sorte de cri de guerre poussé, dans un coup d'indignation, contre l'invasion des naturalistes, impressionnistes et tachistes coalisés.

« On ne fait plus de têtes à casques, disait-il avec beaucoup d'esprit, mais on fait des têtes à casquettes. »

Gustave Boulanger est mort dans l'impénitence finale, je veux dire qu'il a repoussé, jusqu'à la dernière heure, les secours de la religion naturaliste.

« Vous avez raison, ami, — écrivait-il l'an dernier encore, à un de nos confrères, — je combats à outrance la modernité quand elle se manifeste par les pîtreries de farceurs qui ont érigé à l'état de principes toutes leurs impuissances et toutes leurs paresses. Mais ces gens sont encore en très petit nombre, et je crois que vous avez tort, cher ami, en les considérant comme la masse. Il y a, à côté d'eux, beaucoup de jeunes hommes qui ont du talent et que j'apprécie fort. Or, la modernité tapageuse dont vous parlez, croyez-moi, n'a aucun avenir ; elle passera comme j'en ai vu passer tant d'autres dont il n'est rien resté au bout de quelques années ».

Savez-vous que c'est très heureux de garder ainsi jusqu'à l'heure suprême les convictions de toute une vie, à une époque de trouble et d'inquiétude intellectuelle, en cette fin de siècle où chacun, artiste, politicien, moraliste, philosophe, se demande, anxieux, s'il n'a pas pris jusqu'ici le faux pour le vrai, l'illusion pour la réalité, s'il n'a pas, toujours, tourné le dos à la lumière ?

Interrogez les grands, les forts, les supérieurs. Tous, à bien peu d'exceptions près, ont lutté, souffert, se sont colletés soit avec la nature, soit avec la convention, tour à tour coquetant avec celle-ci, rompant avec celle-là, se haussant jusqu'aux sphères idéales pour retomber parfois dans le matérialisme, ou finissant par où les élèves commencent... Quel peintre n'a pas été torturé par le Doute ?

Quel ? Un seul, je crois, celui dont j'ai tracé, en tête de cette étude, le nom justement célèbre, Gustave Boulanger, membre de l'Institut et professeur à l'École des Beaux-Arts. Celui-là n'a jamais douté, ou du moins, s'il douta, il n'avoua jamais.

Et pourtant, certaines de ses toiles, les moins connues, comme cette superbe tête de nègre que j'ai vue chez M. Charles Narrey, fidèle ami du maître, indiquent de rapides et curieuses incursions sur le domaine des coloristes, disons le mot : des naturalistes. Ses goûts personnels, de même, — ses goûts d'amateur, veux-je dire, — trahissent aussi une admiration passionnée pour la couleur et la vie.

C'est ainsi qu'Eugène Delacroix, — M. Jules Claretie le rappelait fort à propos, dernièrement, dans son très remarquable discours de réception à l'Académie française, — n'admettait en littérature, que les classiques...

L'auteur de « *A nos Elèves* » affirme qu' « il est cent fois plus difficile de représenter une déesse suffisamment belle que de faire une bonne œuvre avec une rustique maritorne, et qu'un bon morceau de nu ne sera pas rendu, même à peu près, par tel qui copiera à merveille la jupe et les souliers boueux d'une truande. »

Michel-Ange s'écriait un jour : « Quel est l'idiot qui ne trouvera pas le pied d'un homme plus noble que son soulier et sa peau plus belle que la laine dont on lui fait ses vêtements ? »

Tout cela est bel et bien, mais Velazquez ne jugeait rien indigne de son pinceau magique, et j'estime (le grand Théo eût été de mon avis), qu'il conviendrait d'ajouter ce post-scriptum à la brochure de Gustave Boulanger : « Prenez exemple sur le soleil qui éclaire indifféremment tous les objets de ses rayons, faisant d'un tas de paille un monceau d'or, d'un haillon une pourpre, d'une goutte d'eau un diamant... »

FIRMIN JAVEL.

DÉSIGNATION

TABLEAUX

1 — La Source du Tibre. 1050.

Salon de 1883.

2 — La Danse mythologique. 700.

3 — La Danse guerrière. 520

4 — La Danse amoureuse. 1100.

5 — La Danse champêtre. 1060.

Réduction des quatre panneaux du Foyer de la Danse de l'Opéra.

6 — La Gynécée. 3000.

Réduction.

7 — La Boutique du barbier Licinius.

Réduction.

8 — Les Esclaves.

9 — Le Baiser.

10 — Les Lutteurs.

11 — Rêverie.

12 — La Femme à la selle.

13 — La via Appia.

Réduction.

14 — Saint Sébastien et l'Empereur Maximien Hercule.

Réduction.

15 — Jeune Femme blonde.

Étude pour le panneau de « La Danse amoureuse » du Foyer de la Danse de l'Opéra.

16 — La Mère des Gracques.

Réduction.

17 — Un Maquignon d'esclaves à Rome.

Réduction.

18 — Le Repos.

19 — Une Musicienne.

20 — Vue de Rochers.

21 — Paysage.

22 — Vue prise en Italie.

23 — Les Montagnes.

24 — Un Levrier.

25 — La Musique.

Etude pour le plafond de Monte-Carlo

26 — Une Mosquée.

27 — Paysage.

28 — Souvenir d'Orient.

29 — Un Campement.

30 — El Hiasseub, conteur arabe.

Réduction.

31 — Un Puits.

32 — Pompei.

33 — Rêverie.

34 — Un Village.

35 — Tête.

Etude pour le panneau « La Danse mythologique ».

36 — Tête d'étude.

37 — Au bord de l'Adriatique.

38 — Le Greffeur.

39 — Une Vache.

40 — Le Yacht.

41 — Paysage, vue de Montagne.

42 — La Mer.

43 — Vue de montagne.

44 — Charmeuse de Serpents.

45 — Pompeï.

46 — Traversant un ruisseau.

47 — Un Campement.

48 — Une Mulâtresse.

49 — Le Chemin des Tombeaux.

50 — Un Cheval.

51 — Les Rochers.

52 — Paradis perdu.

53 — Le Harem.

54 — La Mer.

55 — Le Repos.

56 — L'Appel.

57 — Cheval arabe.

58 — Paysage.

59 — Au bord d'un ruisseau.

60 — Un Mulâtre.

61 — Sainte Cécile.

Étude pour le plafond de Monte-Carlo.

62 — Jeune Femme.

Grisaille.

63 — Les Fleurs.

64 — Souvenir d'Orient.

65 — Une Mulâtresse.

66 — Paysage.

67 Jeune Femme.

68 — Vue de Montagne.

69 — Au bord de la mer.

70 — Causerie.

71 — Une Odalisque.

72 — Jeune Femme rousse.

73 — Paysage.

74 — Le Vesuve.

75 — Un Marocain.

76 — Maisons au bas de la montagne.

77 — Paysage.

78 — La Porte de la Mosquée.

79 — Le Vésuve.

80 — Un Peintre.

81 — Le Sentier.

82 — La Mer.

83 — Le Repos.

84 — Une Rue.

85 — Au bord du ruisseau.

86 — Paysage.

87 — Un Philosophe.

88 — Un Village. *algérien* 50

89 — Travailleurs. 30

90 — Une Vestale. 45

91 — Le Lac. 40

92 — Au bord de la mer. 95

93 — Paysage. *palmiers* 40

94 — Une Colline. 50

95 — Le Désert. 34

96 — Un Campement. 55

97 — Sainte Cécile.

Réduction du plafond de Monte-Carlo.

98 — La Musique. 450

Etude pour le panneau de Monte-Carlo.

99 — La Danse.

Etude pour le panneau de Monte-Carlo.

100 — Etude. *cour arabe* 165

101 — Jupiter foudroyant les Titans. 35

Forme ovale.

Plusieurs tableaux non catologués.

AQUARELLES, DESSINS, SANGUINES

102 — Guerrier coiffé du casque d'or, élevant un bouclier de la main gauche.

Sanguine pour la « Danse guerrière » panneau du Foyer de la Danse de l'Opéra.

103 — Guerrier attaquant.

Sanguine pour la « Danse guerrière » panneau du Foyer de la Danse de l'Opéra.

104 — Guerrier se défendant.

Sanguine pour la « Danse guerrière » panneau du Foyer de la Danse de l'Opéra.

105 — La Danse amoureuse.

Sanguine pour le panneau du Foyer de la Danse de l'Opéra.

106 — La Danse amoureuse.

Sanguine pour le panneau du Foyer de la Danse de l'Opéra.

107 — Femme vue de dos.

Sanguine avec variante, pour le panneau la « Danse amoureuse » du Foyer de la Danse de l'Opéra.

108 — Femme nue.

Sanguine avec variante pour le panneau la « Danse mythologique » du Foyer de la Danse de l'Opéra.

109 — Femme nue.

Sanguine pour le panneau la « Danse champêtre » du Foyer de la Danse de l'Opéra.

110 — Femme brandissant un thyrse.

Sanguine pour le panneau la « Danse mythologique » du Foyer de la Danse de l'Opéra.

111 — Tête de jeune Femme.

Etude à la sanguine pour le panneau la « Danse mythologique » du Foyer de la Danse de l'Opéra.

112 — Tête de Femme.

Etude à la sanguine pour le panneau la « Danse mythologique » du Foyer de la Danse de l'Opéra.

113 — Arabe.

Dessin à la sanguine pour le tableau « la Fuite ».

114 — Esclave blanche.

Dessin à la sanguine pour le tableau « Esclaves à vendre ».

115 — Esclave noir.

Dessin à la sanguine pour le tableau « Esclaves à vendre ».

116 — La Femme à la selle.

Dessin au fusain et crayon de couleur, rehaussé de gouache.

117 — Esclave blanche.

Sanguine pour le tableau « un Maquignon d'esclaves à Rome ».

118 — Attendant le seigneur et maître.

Sanguine pour le tableau.

119 — Femme couchée.

Etude à la sanguine pour le plafond du Grand Café

120 — Mauresque.

Etude à la sanguine pour le tableau « la Fuite ».

121 — Comparaison.

Dessin à la sanguine avec variante pour le tableau « Marchande de Fleurs ».

122 — Une petite Fille.

Sanguine.

123 — Une Odalisque.

Sanguine. — Exposition de blanc et noir 1886.

124 — Le Retour.

Crayon. — Blanc et noir 1889.

125 — La Lecture.

Crayon. — Blanc et noir 1889.

126 — Portrait.

Crayon. — Blanc et noir 1889.

127 — Un Vieux Musicien.

Crayon. — Blanc et noir 1889.

128 — Une Mendiante.

Crayon. — Blanc et noir 1889.

129 — Femme assise.

Crayon. — Blanc et noir 1889.

130 — Un Forgeron.

Crayon. — Blanc et noir 1889.

131 — Etude faite à Rome.

Crayon et fusain.

132 — Les Sources du Tibre.

Dessin au crayon pour le tableau.

133 — La Chevrière.

Crayon.

134 — Le Seigneur et Maître.

Crayon.

135 — Femme assise.

Etude à la sanguine pour le plafond du Grand Café.

136 — Femme nue.

Sanguine.

137 — Crépuscule.

Aquarelle.

138 — Pompeï.

Aquarelle.

139 — Pompeï.

Aquarelle.

140 — Pompeï.

Aquarelle.

141 — Vue de Langhozzo.

Crayon et fusain.

142 — Le Mamillare.

Dessin au crayon pour le tableau.

143 — La Favorite.

Crayon.

144 — La Gloire.

Crayon.

145 — Jeune Fille.

Crayon.

146 — La Chasse et le Blé.

Deux dessins au crayon et au fusain sur la même feuille.

147 — La Femme à la Fleur.

Crayon.

148 — Un Crucifié.

Crayon et fusain.

149 — Ivresse.

Crayon.

150 — Fragment de tryptique.

Aquarelle.

151 — Un Ecrivain.

Sanguine.

152 — Un Porteur d'eau.

Dessin au crayon pour le tableau.

153 — Un Musicien.

Crayon.

154 — Tête de jeune femme.

Crayon.

155 — La Prière.

Crayon.

156 — Femme nue vue de dos.

Crayon.

157 — Femme couchée.

Crayon.

158 — Une Marchande de fleurs.

Etude au crayon pour le tableau.

159 — Femme couchée.

Crayon.

160 — La Cella Frigidaria.

Dessin au crayon pour le tableau.

161 — La Toilette.

Crayon.

162 — Le Bain.

Dessin à la plume.

163 — La Marchande de Statuettes.

Etude au crayon pour le tableau.

164 — La Guirlande de Fleurs.

Crayon.

165 — Le Triomphe.

Deux dessins à la plume et au crayon sur la même feuille.

166 — Une Odalisque.

Fusain.

167 — Le Harem.

Etude au crayon pour le tableau.

168 — La Gloire.

Crayon.

169 — Femme nue.

Crayon.

170 — Une Esclave.

Crayon rehaussé de sanguine.

171 — Allégorie.

Dessin et aquarelle en forme d'éventail.

172 — Etude.

Crayon.

173 — Un Fumeur d'opium.

Sanguine.

174 — La Victoire.

Crayon.

175 — Etude.

Sanguine.

176 — Un Patricien.

Etude au crayon pour le tableau « la Boutique du Barbier Licinius ».

177 — La Guirlande de Fleurs.

Crayon.

178 — Les Sources du Tibre.

Crayon.

179 — Le Triomphe.

Au crayon et à la plume.

180 — La Favorite.

Crayon.

181 — Allégorie.

Crayon.

182 — Fumeurs d'opium.

Aquarelle.

183 — Arabes.

Aquarelle.

184 — Marocains.

Aquarelle.

185 — Etude pour un panneau décoratif.

186 — Maures.

Aquarelle.

187 — Africains.

Aquarelle.

188 — Jeunes marocains.

Aquarelle.

V. 187 189 — Dans le Harem.

Aquarelle.

190 — Marocains. 40

Aquarelle.

191 — Maures et Mauresques 45

Aquarelle.

V. 178 192 — La Nuit.

Fusain.

V. 144. 193 — Tête de jeune homme.

Fusain et mine de plomb.

V. 178 194 — Rieuse.

Fusain et mine de plomb.

V. 118. 195 — Vue d'Amalfi.

Aquarelle.

V. 141. 196 — Vue de Pesto.

Aquarelle.

V. 157 197 — L'Italie et l'Espagne.

Crayon.

V. 157 198 — Salon de 1888.

Couverture pour un ouvrage sur le Salon de 1888.

199 — Tête d'homme.

Fusain et mine de plomb.

200 — Femme nue.

Crayon.

201 — La Buveuse.

Plume.

202 — Le Baiser.

Sanguine.

203 — Les Ruines.

Aquarelle.

204 — Copie.

Crayon rehaussé d'aquarelle.

205 — Tête d'homme.

Crayon.

206 — Arabe.

Crayon.

207 — Une Indienne.

Aquarelle.

208 — Causerie.

Crayon.

209 — Marocain.

Aquarelle.

210 — La Danse guerrière.

Dessin au crayon pour le panneau du Foyer de la Danse de l'Opéra.

211 — La Danse mythologique.

Dessin au crayon pour le panneau du Foyer de la Danse de l'Opéra.

212 — La Danse amoureuse.

Dessin au crayon pour le panneau du Foyer de la Danse de l'Opéra.

213 — La Danse champêtre.

Dessin au crayon pour le panneau du Foyer de la Danse de l'Opéra.

214 — Intérieur d'église.

Aquarelle.

215 — Castel-d'Asso.

Aquarelle.

216 — Un Pacha.

Aquarelle.

217 — Un Tireur.

Crayon.

218 — Rêverie.

Crayon.

219 — Les Fiancés.

Dessin au crayon pour le panneau de la salle des mariages du XIIIe arrondissement.

220 — Guerriers.

Sanguine.

221 — Le Conteur.

Étude à la sanguine pour le tableau El Hiasseub, conteur arabe.

222 — Femme assise.

Crayon.

223 — Causerie.

Fusain.

224 — L'Attente.

Crayon.

225 — Femme nue.

Crayon.

226 — Les Escrimeurs.

Crayon.

227 — Serviteur maure vu de dos.

Sanguine.

228 — Une Sorcière.

Fusain et crayon.

229 — Terracino.

Aquarelle.

230 — Un Serviteur nègre.

Fusain et mine de plomb.

231 — Musicien.

Étude au crayon pour le panneau de « la Musique » à Monte-Carlo.

232 — Servantes.

Dessin au crayon pour le tableau « le Mamillare ».

233 — Un Buveur.

Sanguine.

234 — Tête de jeune homme.

Fusain et mine de plomb.

235 — Les Ruines de Pompéï.

Aquarelle.

236 — La Victoire.

Crayon.

237 — Tête d'Arabe.

Fusain et mine de plomb.

238 — Femme masquée.

Crayon.

239 — Femme nue.

Crayon.

240 — Le Conteur et un Arabe.

Deux dessins à la sanguine pour le tableau « El Hiasseub », conteur arabe.

241 — Un Serviteur.

Sanguine.

242 — Un Porteur d'eau.

Crayon.

243 — Explication.

Crayon.

244 — Une Musicienne.

Crayon.

245 — Femme assise.

Crayon.

246 — La Toilette.

Crayon.

247 — Femme assise.

Sanguine.

248 — M. X.

Crayon.

249 — Portrait de M....

Sanguine.

250 — Le Collier.

Crayon.

251 — Une Servante.

Crayon.

252 — Une Servante.

Dessin au crayon pour le tableau « le Mamillare ».

253 — Le Bain.

Crayon.

254 — Un Barbier.

Dessin au crayon pour le tableau « la Boutique du Barbier Licinius ».

255 — Marchande de fleurs.

Étude au crayon pour le tableau « l'Été ».

256 — Une Servante.

Crayon.

257 — Le Violoncelliste.

Crayon.

258 — Étude.

Sanguine pour un plafond.

259 — Le Barbier.

Dessin au crayon pour le tableau « la Boutique du Barbier Licinius ».

260 — Au bord de la mer.

Aquarelle.

261 — Souvenir d'Italie.

Aquarelle.

262 — Buveuse.

Crayon.

263 — L'Apparition de saint Sébastien à Maximien Hercule.

Important dessin au fusain et mine de plomb.

264 — Femme assise.

Crayon.

265 — Homme couché.

Étude à la sanguine pour le tableau « un Repas chez Lucullus ».

266 — Mme X.

Sanguine.

267 — Mme X...

Étude à la sanguine.

268 — El Hiasseub, conteur arabe.

Crayon.

269 — Fantasia.

Crayon.

270 — Fumeurs d'opium.

Sanguine.

271 — Un Patricien.

Étude à la sanguine pour le tableau « un Repas chez Lucullus ».

272 — Via Appia.

Étude au crayon.

273 — Jupiter foudroyant les Titans.

Crayon.

274 — La Fuite.

Crayon.

275 — Invocation à l'Amour.

Crayon.

276 — Emile Augier.

Dessins originaux du « Joueur de flûte ».

277 — Théophile Gautier et Mme Madeleine Brohan.

Dessins originaux du « Joueur de flûte »

278 — MM. Got et Geffroy dans le *Joueur de Flûte*.

Dessins.

279 — Mademoiselle Favart.

Crayon.

280 — Un B~in d'été à Pompeï.

Étude sur toile au fusain, rehaussée de gouache.

281 — Les Lutteurs.

Dessin au fusain en mauvais état.

282 — Le Baiser.

Ébauche au fusain en mauvais état.

283 — Un lot de deux cent vingt-cinq dessins sur papier à calquer, au crayon, à la plume et au fusain; études pour la plupart des tableaux (Ce lot sera divisé).

284 — Philosophes.

Dessin fait à Rome en 1851.

285 — *Poses académiques:* cent cinquante Dessins, Études d'après nature, formant un ensemble important pour un cours de dessin (Sera divisé).

286 — Un lot de dessins.

287 — Un lot de dessins, études des principaux tableaux.

288 — Un lot de dessins d'architecture.

289 — Sous ce numéro, nombreux dessins, aquarelles non catalogués.

290 — Un lot de gravures des principaux tableaux. Exemplaires avec et sans la lettre.

291 — Un lot important de photographies, vues d'Italie.

292 — Un lot important de photographies sur Pompeï.

293 — Un lot important de photographies, reproductions de tableaux.

294 — Un lot de photographies, costumes, œuvres, etc.

295 — Peinture décorative : sept grands dessins, études au crayon pour panneaux décoratifs.

296 — Un Tournoi : dix feuilles de dessins au crayon; seigneurs, cuirasses et casques, études de chevaux caparaçonnés, etc.

297 — Un lot important de photographies.

ACHET (Paul)

298 — Nombreux dessins de cet artiste.

BARRIAS (T.)

299 — Joueuse de mandoline.

Crayon de couleur, forme ovale.

BAUDRY (P.)

300 — Etudes de femmes.

Crayon.

BAUDRY (P.)

301 — Etude.

Crayon.

BROWN (John-Lewis)

302 — Les Perroquets.

Étude sur papier à calquer marouflée sur toile.

CONSTANT (Benjamin)

303 — Un Arabe.

Dessin à la plume.

CORMON

304 — Rieuse.

Étude.

FROMENT-DELORME (Eug.)

305 — Jeune homme.

Crayon.

GÉROME

306 — Gustave Boulanger.

Forme ovale.

GÉROME

307 — Le Cardinal de Richelieu.

Sanguine.

GÉROME

307 *bis* — La Vierge et l'Enfant Jésus.

Crayon, forme cintrée.

GUILLAUMET (G.)

308 — Arabe.

Sanguine et gouache.

INGRES

309 — Portrait de l'architecte Alain.

Dessin au crayon signé et daté, Rome 1814.

JOLLIVET (J.)

310 — Descente de Croix.

JOLLIVET (J.)

311 — Homme vu de dos.

LEHMANN

312 — Prométhée.

Crayon, mine de plomb et gouache.

LELOIR (L.)

313 Gustave Boulanger.

Crayon.

LONCLÉ

314 — Paysage.

Aquarelle.

MATHILDE (S. A. I. la princesse)

315 — La Captive.

Copie à l'aquarelle du tableau de G. Boulanger.

POILPOT

316 — Les Préparatifs pour la Fête.

RUDAUX (E.)

317 — Fleurs.

RUDAUX (E.)

318 — Fleurs.

RUDAUX (E.)

319 — Pompéï.

Aquarelle.

~~SIGNOL~~ Muller

v. 3,3 320 — Gustave Boulanger.

Étude à la plume.

VIANELLI

321 — Intérieur d'Église. 87.

Dessin rehaussé de gouache.

322 — Sous ce numéro, plusieurs Tableaux non catalogués.

322 *bis* — Eaux-fortes anciennes et modernes.

PORCELAINES ET FAIENCES

323 — Buste de la princesse Mathilde en biscuit de Sèvres, œuvre de Barre.

324 — Quatorze pièces poteries antiques, genre antique : vases, coupes, amphores, urnes, etc.

325 — Coupe en porcelaine de Sèvres bleu lapis, rehaussée d'or.

326 — Paire de Vases en porcelaine de Sèvres bleu lapis, rehaussé d'or, portant sur la panse l'inscription : *Exposition des Beaux-Arts*, BOULANGER, *membre du Jury. Section de peinture, 1873.*

327 — Aiguière cotelée forme casque de Nevers, décor bleu.

328 — Plateau de Nevers, décor bleu.

329 — Bouteille de Delft, décor de scènes de cirque en bleu.

330 — Plat à barbe du Japon, décor polychrome à fleurs.

331 — Plat du Japon octogone décor bleu à paysage.

332 — Plaque de revêtement de Perse, décor à arabesques de fleurs polychromes.

333 — Plat du Japon, décor fleurs bambou polychromes.

334 — Plat du Japon, décor bleu.

335 — Chocolatière ancienne de l'Inde, décor polychrome à rehauts d'or.

336 — Chope en faïence d'Höchst, décor à médaillons, paysages, vases de fleurs monture en étain, époque Louis XV.

337 — Cruche en ancien grès de Flandre, monture en étain.

338 — Plaque de revêtement hyspano-arabe, décor bleu et jaune d'ocre, XVme siècle.

339 — Coupe sur piédouche d'Urbino, décor raphaélesque, XVIIe siècle.

340 — Deux Bouteilles à longs cols de Sèvres fond lilas à rehauts d'or.

341 — Potiche de Delft, décor à fleurs bleu sur blanc.

342 — Vase de Chine, décor à personnages en bleu sur blanc.

343 — Pichet en ancien grès de Flandre, décor à arabesques de fleurs.

344 — Amphore marocaine sur trépied en bambou.

345 — Vase en ancienne faïence d'Urbino, décor à buste personnage et arabesques de fleurs.

346 — Grand Panneau composé de plaques de revêtement en ancienne faïence de Perse, décor à inscriptions et ornements.

347 — Deux frises et trois plaques de revêtement en ancienne faïence de Perse.

OBJETS DE VITRINE

348 — Porte-Cigarettes en filigrane d'argent.

349 — Étui en nacre gravé.

350 — Pipe à opium et son étui en ivoire burgauté.

351 — Bracelets. Aigrettes et autres Bijoux orientaux.

352 — Divers Ornements de costumes en cuivre et en argent.

353 — Miroir en laque de Perse.

354 — Portefeuilles en cuir, parties fond d'or et rehauts de couleurs.

355 — Service à liqueurs, incomplet, en verre rehaussé d'or.

MEUBLES

356 — Grande belle Armoire, époque Louis XIII en bois sculpté et marqueterie, s'ouvrant à deux portes, décoration d'aspect architectural avec garniture, heurtoir et charnières en fer ouvré du temps.

357 — Piano-Orgue en palissandre de Debain.

357 *bis* — Vitrine s'ouvrant à deux portes et formant commode dans le bas, en marqueterie de bois et d'ivoire, décor à fleurs. Travail hollandais, style Louis XV.

358 — Étagère d'applique en chêne sculpté.

359 — Grande Psyché en chêne sculpté.

360 — Deux Divans recouverts de Coussins en ancien tapis d'Orient.

361 — Divers Coussins orientaux.

362 — Petite Table orientale ornée d'incrustations de nacre.

363 — Belle Commode du temps de Louis XV, en bois de violette, forme à contours richement ornée de bronze doré.

364 — Petite Table chiffonnière en bois de citronnier et d'amarante, ornée de bronzes, époque Louis XVI.

TAPISSERIES ET TENTURES

365 — Belle Tapisserie, époque Louis XIV, représentant une grande Dame en robe à longue traîne, portée par un page, abritée du soleil par une suivante qui tient un parasol, arrêtée près d'une fontaine monumentale dans un beau parc dont on aperçoit les cascades et terrasses en perspective. Un petit chien accourt au-devant des personnages. A gauche, une dame en riche costume, descend un escalier monumental. Jolie bordure à fleurs à lambrequins gracieusement combinés, inspirée des cartons de Bérain.

366 — Petit Panneau en ancienne tapisserie brodée d'or et d'argent représentant un jeune seigneur portant une corbeille de fleurs. Fond de paysage avec vue de ville-forte en perspective.

367 — Tapisserie du XVIIe siècle, représentant Diane chasseresse suivie de Mars et d'un autre guerrier. Bordure à guirlandes de fleurs et de fruits.

368 — Grande Tapisserie du xvie siècle représentant des grands personnages et des enfants dans un paysage. Bordure fond jaune à petits médaillons, animaux et volatiles dans des arabesques de fleurs et de feuillages.

369 — Petite Tapisserie du xvie siècle représentant une multitude de guerriers.

370 — Tapisserie du xvie siècle des Flandres, représentant une scène allégorique à personnages, avec bandeau dans le haut en tapisserie des Gobelins au blason de France.

371 — Bandeau en tapisserie au point, dessin à arabesques de fleurs, époque Louis XIII.

372 — Grande Tenture de Mosquée représentant onze panneaux fond rouge avec encadrement et bordure polychrome à petits dessins d'Orient.

373 — Draperie en ancien damas de soie rose.

374 — Portière orientale fond rouge.

TAPIS

375 — Dix petites Carpettes anciennes d'Orient, de différents dessins et différentes grandeurs.

ARMES

376 — Très beau Fusil arménien ancien, avec canon et platine en partie damasquinée d'or.

377 — Grand Fusil oriental à platine gravée bois incrusté et orné de coraux.

378 — Fusil oriental ancien, bois laqué vert à fleurs. Canon partie incrustée.

379 — Fusil oriental ancien, platine rehaussée d'or et gravée, bois incrusté et orné de coraux.

380 — Quatre Fusils anciens orientaux.

381 — Casque persan ancien en forme de dôme cannelé et gravé avec cotte de mailles.

382 — Corselet en fer gravé à figures et inscriptions, travail ancien de Perse.

383 — Cotte de mailles persane.

384 — Lance persane en fer partie damasquinée d'or.

385 — Canne en bois d'ébène ornée de fines inscrustations de Burgau, avec pomme en ivoire.

386 — Très grande Pipe orientale avec bout d'ambre et monture en émail cloisonné.

387 — Deux beaux Pistolets orientaux avec bois et crosses enrichis de pierreries et leurs étuis en velours bleu brodé d'argent, XVIIIe siècle.

388 — Épée à lame longue et fine, garde à coquille et quillon droit, XVIIe siècle.

389 — Deux Pistolets orientaux anciens, avec garniture en argent niellé.

390 — Beau Sabre oriental à lame courbe et dentelée, poignée en corne, garde en cuivre doré.

391 — Beau Sabre oriental à lame courbe de Damas avec poignée en fer couverte de damasquinures d'or, XVIe siècle,

392 — Yatagan à lame gravée d'inscriptions avec poignée en os, garniture cuivre filigrané et corail.

393 — Yatagan à lame de Damas incrustée d'or près du talon, poignée en os, XVIIe siècle.

394 — Cinq Sabres orientaux à lames courbes de Damas.

395 — Kriss malais à lame de Damas, poignée en bois.

396 — Poignard oriental à lame courbe de Damas, poignée en agate.

397 — Deux Couteaux orientaux à lames de Damas, manches en bois et en os.

398 — Deux Flissahs marocains à lames et poignées gravées.

399 — Huit Couteaux et Poignards de formes diverses.

400 — Quatre Casques saxons et orientaux.

401 — Petit Fusil avec batterie à manivelle, XVIIe siècle.

402 — Deux Sabres japonais.

403 — Plusieurs Flèches et Traits sauvages.

404 — Pipes, Cravaches, Cannes diverses.

405 — Deux Lances avec hampes burgautées.

406 — Cartouchières, Sacs en cuir brodé.

PLATRES

407 — Très beau Bas-Relief ancien de Ruotti. Représentant une importante composition allégorique à nombreux personnages. Cadre en bois noir.

408 — Environ 60 sujets en plâtre, Statuettes, Bustes, Bas-Reliefs, Médaillons surmoulés et Epreuves d'artistes. (Sera divisé.)

OBJETS DIVERS

409 — Suite intéressante d'instruments de musique Européens et Sauvages.

410 — Paire de Patins orientaux incrustés de nacre.

411 — Lanterne algérienne avec Œuf d'autruche.

412 — Paire de Grandes Cornes.

413 — Deux Carapaces de Tortues et un Lézard empaillé.

414 — Écuelles, Cafetières, Pichets en étain.

415 — Sceaux, Amphores, Plateaux, Coupes en cuivre repoussé et gravé.

416 — Modèle de petit Navire, trois mâts.

417 — Vidrecome en argent repoussé, fond doré, Epoque Louis XIII.

418 — Harpe en bois sculpté, laqué rouge et rehaussé d'or.

419 — Deux Altères et deux Massues.

420 — Aiguière en étain Louis XV.

421 — Plateau en étain Louis XV.

422 — Lustre à six lumières en cuivre poli, style flamand.

423 — Grande Coupe Jardinière, en cristal taillé, avec avec monture en bronze doré et argenté, représentant des groupes d'animaux.

424 — Petite Pendule en marbre blanc et bronze doré, Epoque, Louis XVI.

425 — Petite Glace biseautée avec encadrement à fronton recouvert de cuivre repoussé, Epoque. Louis XIII.

426 — Deux petits Flambeaux en cuivre cannelés Louis XVI.

427 — Panneau en bois sculpté Moucharabi.

428 — Grand Plateau en cuivre ciselé et argenté d'après Briot.

429 — Etagère algérienne en bois peint et doré.

430 — Stéréoscope, Mappemonde, petites Etagères, Consoles, etc.

431 — Glace avec Cadre en bois sculpté et peint, algérien.

432 — Râtelier même travail.

433 — Lanterne algérienne.

SELLERIE

434 — Belle Selle avec Harnachement complet brodé sur fond de velours.

435 — Selle et Harnachement complet en cuir brodé.

436 — Couvertures de mulets.

437 — Selle avec Harnachement circassien.

OBJETS D'ATELIER

438 — Mannequin grandeur nature.

439 — Boîtes à Couleurs, Boîtes pour Costumes et Etoffes.

440 — Six Chevalets, Bureaux, Tables, Estrades, Meubles divers d'atelier.

COSTUMES

441 — Importante Collection d'environ trois cents pièces de Costumes orientaux et européens de différentes époques.

442 — Un Lot important d'accessoires de Costumes, Chaussures, Coiffures, Ornements divers.

LIVRES

443 — **Claudius Popelin.** De la Statue et de la Peinture, traités de Léon Battista Alberti, trad. par Cl. Popelin. Paris, 1868.

444 — **Claudius Popelin.** Les Vieux Arts du feu. Paris, 1878.

445 — **Claudius Popelin.** Cinq octaves de sonnets. Paris, 1875.

446 — **Claudius Popelin.** Un Livre de sonnets. Paris, 1888.

447 — **Claudius Popelin.** Histoire d'avant-hier. Paris, 1886.

448 — **Claudius Popelin.** Le Songe de Poliphile ou Hypnerotomachie du Frère Francesco Colonna, trad. par Cl. Popelin. Paris, 1880; 10 fascicules.

449 — **Charles Vincent.** Chanson, Mois et Toasts. Paris, 1886. Ex. sur Chine.

450 — **Nadaud.** Chansons choisies, illustrées par ses amis. Paris, 1881 : 2 vol. in-4°.

451 — **Nadaud.** Chansons légères. Paris, 1885. In-4°.

452 — **Zola.** Nouveaux Contes à Ninon. Paris, 1888; 2 vol. Ex. sur Japon.

453 — **Loredan-Larchey.** Les Cahiers du Capitaine Coignet. Paris, 1888.

454 — L'Ornement polychrome. 10 livraisons.

455 — Les Arts somptuaires, par Louandre. Paris, 1885; 2 vol. de texte et 2 vol. de planches.

456 — The Grammar of ornement, par Jones Owen. 1856. Pl. en couleur.

457 — Atlas de Gravures relatives à l'histoire universelle, dessinées par L. Weissar.

458 — Herculanum et Pompeï. Paris, 1870; 8 vol. Fig.

459 — Chefs-d'Œuvres de l'art antique. Paris, 1867; 6 vol. Pl.

460 — Costumes historiques du XVIe au XVIIIe siècle, par Lechevallier-Chevignard. Paris, 1873; 2 vol. Pl.

461 — Livre non catalogués.

A. Maulde et Cie, imprimeurs de la Compagnie des Commissaires-Priseurs, rue de Rivoli, 144 800—94756

www.ingramcontent.com/pod-product-compliance
Ingram Content Group UK Ltd.
Pitfield, Milton Keynes, MK11 3LW, UK
UKHW031957260826
14628UKWH00005B/2108

9 782329 458120